ABEILLE & FLEUR

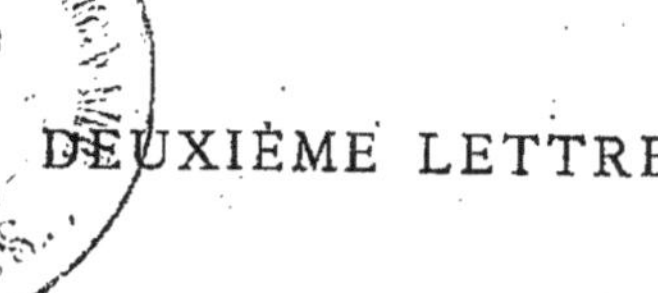

DEUXIÈME LETTRE

1881

AF234313

Abeille et Fleur

A MON ÉTIENNE

Mai 1881.

I.

« Chantez, chantez, petite abeille,
« De Dieu l'éternelle merveille,
« Marie au nom puissant et doux...
« Chantez ce nom avec les anges,
« Rejoignez leurs saintes phalanges,
« ...Et dans le ciel chantez pour nous.

« Oui, chantez... Priez pour le monde

« Oscillant dans la nuit profonde

« De ses criminelles erreurs...

« Pour que la Vierge magnanime

« L'arrête au penchant de l'abîme,

« Creusé par d'aveugles fureurs.

« Priez pour notre pauvre France,

« Afin qu'un rayon d'espérance

« Illumine son front meurtri...

« O Vierge, dans votre tendresse,

« Regardez sa grande détresse,

« Écoutez son suprême cri!... »

II

— Petite fleur au doux langage,

Je vais à l'éternel Rivage

Où tendent vos ardents désirs...

Le parfum de votre corolle

Me suit et doucement s'envole,

Tout imprégné de vos soupirs...

Parfum ou suave prière,
Rayon d'amour ou de lumière,
Plein de fraîcheur montez au ciel,
Suivez l'abeille en sa volée…
Petite fleur de la vallée,
Offrez au bon Dieu votre miel.

O fleur solitaire et cachée,
Votre tige, à demi penchée
Sur l'onde claire d'un ruisseau,
Aime ce tranquille rivage,
Et fait de son tremblant feuillage
Rider la surface de l'eau…

Charmant ruisseau, roulez votre onde,
Dans le calme, éloigné du monde,
Qui ne connaît point le bonheur…
Arrosez la fleur solitaire,
Que votre fraîcheur salutaire
Donne douce paix à son cœur.

Petite fleur, soyez heureuse ;
La vie est parfois douloureuse,
Mais dans le calme de ce lieu,
Tout est par vous rempli de charmes...
Vous êtes, au milieu des larmes,
Le doux sourire du bon Dieu...

Croissez pour le divin parterre,
Que de son souffle délétère,
Le monde, mirage trompeur,
N'atteigne point votre feuillage,
Et ne cause point de ravage
Dans votre âme, petite fleur...

Vivez dans cette humble vallée,
Luttant toujours, mais consolée,
Portant vos regards vers les cieux...
Dieu voit la fervente prière,
Et donne secours et lumière,
En ouvrant son cœur radieux...

Oh !... dans ce cœur, divin refuge,
Plus d'un blessé..., plus d'un transfuge,
Retrouvent la suave paix !...
Port assuré dans la tempête
Grondant sans fin sur notre tête,
Ami n'abandonnant jamais...

Fuyez des sages de ce monde
La science en erreurs féconde,
Ces petits potentats d'un jour...
Ils ne comprennent point la flamme
Qui brûle ardente dans une âme,
Ils ne comprennent point l'amour...

L'amour seul peut sauver le monde,
Noyer dans les flots de son onde
Haine et discordes des partis.
Il faut remonter à sa source !...
Dans sa vertigineuse course,
Le monde hait grands et petits.

L'amour... mais c'est Jésus lui-même,
Doux Roi portant un diadème
Meurtrissant son front et son cœur...
Il gémit de notre folie,
Il nous attend, il nous supplie,
Il nous appelle avec douceur.

III

Vous me parlez de notre France,
De son inquiète souffrance,
Et vous pleurez, petite fleur...
Priez... c'est la force divine
Qui touche Jésus et l'incline
Vers la souffrance et la douleur...

O France, ô ma belle Patrie,
Ta couronne est bientôt flétrie,
Loin de Jésus et de son cœur !...
En lui seul est ta délivrance ;
Il est ta suprême espérance
Et ton véritable bonheur...

C'est ce Jésus, dans sa puissance,
Qui, présidant à ta naissance,
Te marqua de son divin sceau...
Oh ! quelle gloire fut la tienne,
France généreuse et chrétienne,
Un Dieu consacra ton berceau !...

Il te voulait grande et vaillante ;
Dans l'humanité défaillante,
Il fallait un noble soldat...
Et c'est toi, France bien-aimée,
Qui, par le divin Maître armée,
Dois combattre le bon combat...

De son Église fille aînée,
France, accomplis ta destinée,
Répands les lois de son amour...
Vole dans de lointains rivages,
Et porte aux peuplades sauvages
La lumière du divin jour...

Jour radieux, douce espérance,
Céleste appui de la souffrance,
Soleil de la fécondité...
Changez la face de ce monde;
Éclairez dans sa nuit profonde
La malheureuse humanité...

France, reste toujours fidèle,
Des nations sois le modèle,
Et que leurs regards éblouis,
En parcourant ta longue histoire,
Retrouvent la royale gloire
De Clovis et de saint Louis...

Sache-le bien, le Christ qui t'aime,
N'a point fait ton beau diadème
Pour des fronts rougissant de lui...
Si tu cessais d'être chrétienne,
Sa force n'étant plus la tienne,
Tu périrais sans son appui...

Car Dieu n'a point créé les mondes
Pour être de houleuses ondes
S'agitant dans l'immensité…
Sans loi, sans une fin dernière,
Splendide océan de matière,
Grandiose inutilité…

Non, dans sa sagesse infinie,
Dieu donna l'éternelle vie,
Avec son éternelle loi…
Il fit les peuples pour sa gloire,
Et donne toujours la victoire
A ceux qui conservent sa foi.

Mais il réserve un sort contraire
Aux peuples fuyant sa lumière,
Et qui, méconnaissant son nom,
Suivent de la libre pensée
L'erreur et la haine insensée,
Remplaçant Dieu par le démon…

IV

France, regarde et vois toi-même
L'écueil et le danger suprême,
O terrible tentation !...
Satan dit : « Redeviens païenne »,
Et Jésus dit : « Reste chrétienne,
« Fille de prédilection !... »

Agneau béni, douce victime,
Le roi de l'éternel abîme
Fut aussi votre tentateur !...
Il voulait, créature immonde,
Offrir l'empire de ce monde
A son céleste Créateur...

Pour prix de cette ignominie,
Jésus, la douceur infinie,
Se courbant, devait l'adorer...
Satan, des révoltés le père,
Dans son aveugle rage espère
Voir le Christ se déshonorer...

L'Agneau, bondissant sous l'outrage,
Confond l'astucieuse rage
De l'ennemi du genre humain...
Retire-toi, Satan !... va, fourbe,
N'attends point que ton Dieu se courbe
Sous ta puissance et sous ta main !...

V

Que ce soit là ta douce image,
Pauvre France, et reprends courage,
N'abandonne jamais Jésus !...
Satan, par sa sombre milice,
Combat, contre toi, dans la lice,
Mais ses suppôts seront vaincus...

Il promet l'empire du monde,
Eh bien, — que le Ciel le confonde ! —
Il n'a que la haine et l'erreur...
Il promet la paix et la gloire...
Sa longue et lamentable histoire
N'est que la honte et la terreur.

Il semble qu'il ait l'apanage
De la liberté, sans partage,
Et les pauvres peuples séduits,
Bien loin de leur Dieu qu'ils évitent,
Aux abîmes se précipitent,
Par Satan lui-même conduits.

Sa liberté... c'est la licence,
A Dieu la désobéissance,
Ainsi qu'à toute autorité....
La révolte en est le principe,
Et son affreuse main dissipe
Tous gages de sécurité...

Sa liberté, joug de folie,
Sous lequel il faut que tout plie,
Est toujours un appât menteur...
Satan, ne vivant que de haines,
Ne donne jamais que des chaînes,
Il est le grand Persécuteur...

Il prétend être la lumière...
Son faux jour luit sur la matière,
Ses rayons ne vont point aux Cieux...
Il éblouit sur les abîmes,
Laisse dans l'ombre tous les crimes
Et leurs effets pernicieux.

Il voudrait feindre l'amour même,
Et, dans son impudence extrême,
Il parle de fraternité...
Mais son imposture infernale
N'est qu'une formule banale,
Une trompeuse iniquité.

Tu souilles ce beau nom de frère...
A toute vérité contraire,
Tu ne crois point ce que tu dis.
Tout bien, en toi, n'est qu'un mirage,
Un seul lien t'unit..., la rage,
A tous tes comparses maudits...

Retire-toi, Satan!... la France,
Lasse de sa longue souffrance,
Repousse tous les séducteurs...
Et de Jésus les mains amies
L'écartent de tes infamies,
Loin des fourbes et des menteurs.

. . . .
. . . .
. . . .
. . . .
. . . .
. . . .

VI

Et moi, si je chante Marie,
Petite fleur de la prairie,
Chantez Jésus et son amour!...
Chantez son éternelle gloire;
Dans ses mains il tient la victoire,
Il peut la donner sans retour...

Parfum ou suave prière,
Rayon d'amour ou de lumière,
Plein de fraîcheur, montez au ciel,
Suivez l'abeille en sa volée...
Petite fleur de la vallée,
Offrez au bon Dieu votre miel.

Nancy, imp. Berger-Levrault et Cie.

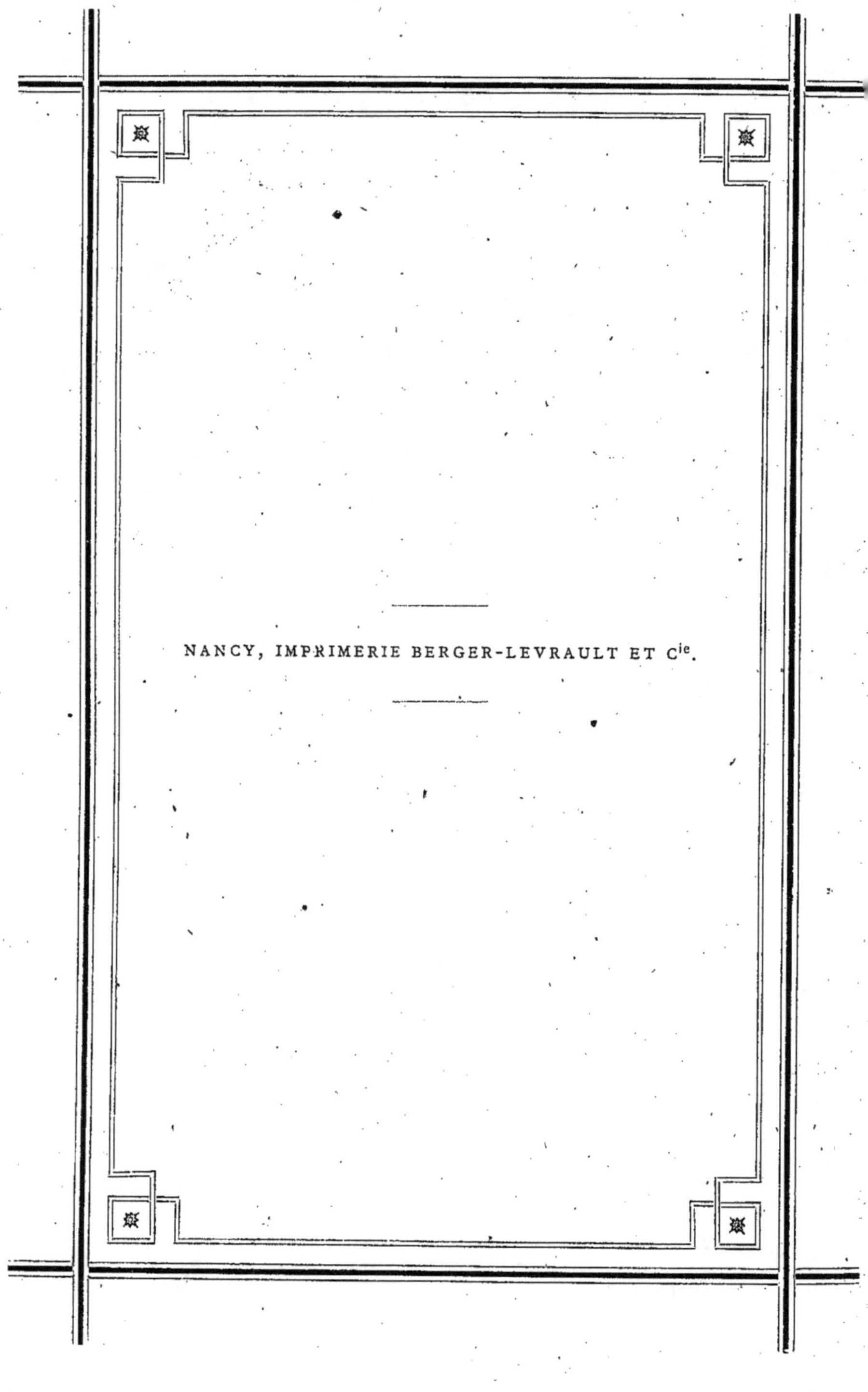

NANCY, IMPRIMERIE BERGER-LEVRAULT ET Cie.

www.ingramcontent.com/pod-product-compliance
Lightning Source LLC
LaVergne TN
LVHW010515060726
842527LV00005B/2040

9 782329 061269